灰家

川上明日夫

思潮社

灰家

川上明日夫

思潮社

もくじ

灰霊 9
灰墓 13
灰売り 19
灰人 25
灰岸 31
灰景 37
灰・しらかみ 43
灰花 47
灰の河原 53

灰虫 59
風聞 65
灰座 71
灰屋 75
むかしの家 81
灰の芽 87
灰の屋 93
灰雨 97

装画＝長谷光城　装幀＝思潮社装幀室

灰家

灰霊

みえる灰　　みえない灰
生も　死も　塵も
手心の　風を吹いていく
灰
雨のはざまを
ひらひら　ひらひら
きょうも
蜻蛉と　ただよっている
お盆もすぎ
そろ　そろ
お還しにいくころだがと
死んだふりの
魂にふける
灰

髪を梳いて　まっている
階《きざはし》のかがみに
うつして
みえるものみえないもの
　が
背戸をあけて　咲かせた
庭の
木陰の　そのあたりには
もう
耳をそばだてた
この世の　波打ちぎわが
ひっそり
うち寄せていて
水着をきた　みしらぬ

あなたの「老い」が
いまも
向こう岸から
　そっと
さきの世をふりつもって
　いましたね
お先に　と
たまに
灯明をたしにくるのです

白骨草が咲きましたよ

灰墓

お墓だって減っていったんだ
肩ひじ張って生きていたから
角がとれ
はじめて
きがつき
そんなにつっ張らなくてもと
そう　なんどおもったことか
雨が降って
風が吹いて
刻がたって
さらされてあるものの哀しみ
命あるものの喜びや怒りがさ
くりかえされ
いつのまにか

その両肩に降りつもっていて
そうだろうな
そうなんだよ
みえたろうか
不束ですがとみつゆびついて
そっと　抱きしめられるよう
頬を染めて
気づかぬうちにたがやされて
おもいたてばわかるだろうか
ということは
お墓だって減っていったのさ
角がとれて
円くなって
魂だってそうだとれたんだよ

お墓だってそうだとれたのさ
人間の門をまがって
手をつないで
おだやかにさ
お墓だって減っていったんだ
魂だってさ減っていったんだ
秋の雨に染まった
笏谷の石がいいな
柔らかいみどりの
人間の手のような
うすい淋しさがね
たまさかに　みしらぬお人の
たなごころに盛られた
かりそめがね　そっと

灯をたしにやってくる
こんな墓地にも秋がきてます
白骨草が咲きましたよ

灰売り

灰はいらんかね
灰
身を粉にして魂になったよ
骨身をけずって灰になった
生と死のはざま
かるがると
雲も流れていた
灰はいらんかね
灰
地上では
この世の
生の芽が咲くころだったな
死の芽が咲くころだったな

ぽっと
いっせいにふくらんでいる
空の芽　の
あのほとり
ここからが黄泉
ここからが常世

と
さきの世の風の梢にたって
境目
いまも　みしらぬお人がさ
せっせと
この世の春を　耕している
どこかで
水の音もしてる

灰はいらんかね
灰
この世は濯ぐ淋しさだから
灰　売りの
声が
きょうは
揚雲雀のように空にたかい

霊柩車がはしっていった

死に眼が　からっぽのさ
空で
ひっそり　蠢いているよ

いらんかね　灰

たまに
お灯明をたしにやってくる

灰人

みえる灰とみえない灰
生だって
死だって
灰のようなものだから
塵のようなものだから
なんて　遠慮しいしい
この世をとんでいるよ
みえないんだ
灰
人の世のくらしのよう
みえない風の掌のうえ
たまに
空の形見だよと咲く声
そのあたり

雲がながれ
花がながれ
狐川
この世の理《ことわり》がみえない
ふっと
魂の水分の匂いもして
白骨草が咲いていたり
だんだん
私を摘んで　遠くなる
ていねいに泣くたびに
あらたまった
柱の傍らには
たまに
さきの世の家の匂いも

していたな
みえる灰とみえない灰
有だって
無だって
岩根し枕ける時がある
そりゃあ
灰のようなものだから
骨身をおしんで
魂に　なったよ
人の心の軒下でかおる
灰
風が吹けばわかるんだ
むかし
私が死んだ屋敷の上空

を　いまも
ひっそりめぐっている
どくろの目に泪が溜る

灰岸

魂から
生をおかりしたのですから
魂から
死をおかりしたのですから
おかりした物は
かえさなければなりません
もとの
姿のまま
きずひとつ　のこさないで
できるだろうかそんなこと
灰ひとつ
もとの形であるはずもない
雲だって
風だって

私だって
ほんとうはかり物ですから
かりた物はかえさなければ
かるい　ですか
おもい　ですか
空に座っておられるお人に
たまに
呼霊のように聴いてみるが
ただ
生涯のようですね　と
うすく笑っておられました
ええ
空を包んだ
風呂敷のような日でしたね

つつみきれない思いが
おりめただしく
ひらひら　ひらひら
春のようにふっていました
あふれては
露草の　向こう岸からは
なみだぐんだ　私の老いも
もう　ひっそり
手をふっていました
おかりした物は　しっかり
かえさなければ
きょうは
魂の返却日でしょうか　と
みしらぬお人が

そっと
お灯明をたしてゆきました
白骨草が咲きましたよ

灰景

かたちはひとつのあいさつでしたから
さいしょにかたちはあったはずなのに
たしかにもとのかたちはあったろうに
と　つぶやいても
と　どうしても
それが　おもいだせない
かたちのない
灰はないよう
灰からうまれないかたちもない
灰からうまれない芽はない
芽からうまれない灰もない
生も死も
灰からうまれる　芽なのです
かたちらしいものには　だから

そらがあり
うみがあり
りくがあり
かぜもあり　こえもあった
水でつつまれて草や花や鳥のいのちが
くぐもり
芽からだせるもの芽からはいれるもの
そのときからも
かたちはしずかに生息していたようで
空たかく
あなたのかたわらにわたしがいるよう
しぜんは
いつでもそこに吹かれるもののように
ふしぜんは

いつでもそこに吹かれたもののように
落書きされ
消しても消しても
しかし　かたちは
消せない
幽かにみえるようでみえないそれです
灰景
おかわりございませんか
なんて　みはらしても　なんにもない
みえない灰
灰の芽
いらんかね
灰
どこか　とほくで

灰売りの声もしている
が
たしかにもとのかたちはあったろうに
かたちはひとつのあいさつでしたから

けさ
白骨草が咲きましたよ

灰・しらかみ

みおろすと　ない　そよとも　吹いていない　そこ　たっ
てない　ふうけい
さびしいもの
だ
くらやみに　てをのばし　おもう
おもうところ　に
めがあり　てがあり　ひっそりと　みみがあって　いきを
ひそめている
かよう　ものではない　そよいでいるもの　ものではない
灰　のようなもの
花ではない　さびしいもの
人生は
さく　さけば　さいたとき　一瞬と永遠の　影ふみあそび
おいかけても　おいかけても

みえない灰
さ行　へんかく活用の　そして　それからを
つつんでは　つつしんでは
そうおもう　おもう辺まで　人はきて　もう　びっしょり
うなだれている
魂もほころんでは　そよいでいる灰　しらかみ　灰の河原
そこ
いない　お人の　そう　どこかとほい　よしの草はらでは
いま　チチッ　チチッと　鶸も
啼いている
かよう　ものではない　そよいでいるものでもない　もの
すいぶんの　声のするほう
灰ではない
花ではない

みおろすと　ない　そよとも　吹いていない　たってない
こんなときに

灰花

身を粉にして灰になった
身をけずって草になった
かるいものです
だから
灰の草　草灰
一生けんめい
くさは化けて花になった
よくみてください
花のかるさと　おもさの
中ほど　に
ひっそり
ゆれているものがあって
あたりを
そっと　みまわしてます

旅の仕度です
ゆれているのです
空の梢に
あからんでは
そっと膨らんでいきます
と
そんないいわけばかりで
蕗の薹　土筆や　仏の座
ぜんまい　蕨　と
生の芽や　死の芽が
いっせいに
空へ向かっているころです
どこかで水の音もきこえ
ちらほらと

さくら花も
匂い発つころでしょうか
その花の向こう
が　境目
花眼
そこからが草枕
そこからが岩枕
こんなにかるい
なんにもいない
灰
灰の河原
渡るのか　渡らないのか
あの世の　枝さきからは
もう

ほころんでは
そろそろ貌がみえるころ
たまに　誰かが
この世の
灯を　たしにやってくる
なにしろみえないもので

灰の河原

みんなそれをみせまいと　生きている
それをみせることは
ほんとうに前を向いていることなのか
草のそれをおもう
表裏なのだろうか
草の揺れは
風の揺れは
人の世のそれが草のようにおもえるとき
思い草のような日々のうらがわをのせて
風の団扇で
あおいでみせる
揺れ
馴れない心へかたむいてゆくものの泪を
心しだいて

人に感じるときがある
雨のそれをおすような
魂のそれをおすような
それ
そんな　岩根し枕けるときがある
苔むす　それは
さらに　草の息をあつめて
みえない風の棺にもそっとおさめてやる
骨の仕草の　それ
たじろいで　それ
ひっそり
白紙のページをねむるよう生死をめくる
それ
妻の背におされてみる

花のゆびの後ろすがた
灰
灰の河原
そんな骨の指紋を　そっとはかっている
お人の　みず
逃げみず　迎えみず　送りみず

死んだあとさ　生きてるまえ　だったな
おもねれば
きょうは
生きたふりの背中が　とてもなつかしい

死亡届はまだですか
押せばいいですね

生ひとひらの一瞬　死ひとひらの永遠
みんな　かるがると　舞いあがる

灰虫

そりゃあ
魂だって　虫歯にもなるんだよ
ないしょだが
口のなかにもさ　ふっていたな
灰
酸いも　あまいも　にがいもさ
たくさん
嚙みわけてきたからな
ながい　人生だったな
つくづく
みえる灰　みえない灰
　しんしんとふりつもっていたよ
この世の野原　で
だから　卯の花など摘みながら

人のいい
春の不機嫌をつれ
わたってゆくのさ
ときおり
雲の波間に浮かべてやるんだが
あてどなく
空をあおいで
中年がひとり　鷗のように
目を　泳がせていたな
ほら　あのあたりがさ
汀　汐まねき
空のかなたの　ほら　ほら
ほっと一息ステーションなんて
しみいる

詩痛

缶ビールかた手に
原稿用紙のうえの
海原にも果てしなくふっている
灰
波の音がきこえるあのほとりに
たしか
空の診療所があってさ
ないしょだが
たまに
うっとりと　目をとじて
エスプリという
人生の
詩石を　とってもらってるのさ

詩の女神《ミューズ》に
魂だって　虫歯になるんだよ

風聞

灰は風のたよりです
みえる風みえない風
の
まにまに吹かれてる
灰
生の芽も
死の芽も
うごめいてます
灰
土の中の波のまにま
身をゆだねています
どこに
身を寄せたのかわかりませんが
寝ごこちのいい

暗闇と静寂とが
ひっそり
潮風にさらされ
ひとしおです
咲いていますか
さみしい匂いが
よせてはかえす土の中は
おおきな海ですからねと
神さまの声が微かにきこえては
くるのですが
春にはでてゆくとのことでした
いっせいに目のないものたちの
はなしききました
かるいあしたです

おもいきょうです
うらうらと横書きの雲の宛名を
七草にまだ切手は貼ってません
みえる風みえない風
の
まにまに吹かれてる
灰　絵葉書の中の淋しい宛名よ
境町　境一丁目
芹なずな　ごぎょう　はこべら
仏の座　すずな　すずしろ　と
わたしを摘んで
黄泉平坂《よもつひらさか》
空の彼岸をながれているのです
いちめん

灰の河原です
ええ
河原石になってもうずいぶん
ながいのですよ

灰座

魂から　生をおかりしましたね
魂から　死をおかりしましたね
おかりした物は
しっかり
おかえししなければ
傷ひとつ　つけないで
空に座っておられるあのかたの
声が
呼霊《こだま》のように流れてゆきました
灰ひとつ
もとのかたちに
もどせない
そんな空を包んだ
風呂敷のような日でしたからね

灰景　おかわりございませんか
なんて
包みきれない　おもいに
春を　そっとしのばせて
ひろげておいでたよ
むすんでは　ほどいて
ほどいては
たしかにそこにあった　この世
　の汀の
風の野原にも
白骨草など咲いていて　と
ため息つきながら
背戸をあけた　向こう岸ではね
もう　ひっそり

あなたの老いも
涙ぐんでは
手をふっておいでででしたよ
どこかで水の音がしてます
灰
灰景　おかわりございませんか
なんて
たまさかに
見知らぬおひとがさきの世から
ゆらゆら
ゆらゆら
　お灯明をたしにやってきます
私は燭台のように生きています

灰屋

その人の傍らは家の匂いがした
軒の下でぬくぬくと火を焚いた
見えなくなるまで
ていねいに　温まった
手をそえ　煙りをそえ
家がそれを見ていた
家族だから　作法だからなんて
さっきから
待っているものもいるようだが
こんがりと　焼きあがるまでは
つつましく
この世の火の傍らでつつしんだ
さびしいものだ
あるものがなくなるというのは

あとかたもなく
柱も壁もこの世を隔てる　一切
灰は　おもった
草原にねころんで　聴いている
白詰草の耳もと　吹いてゆく声
風のふいご
きょう　だれかが
空で青い火を焚いていた
凪しもでみる手のひらは
みんな　たがそれ
空で　一生を過ごす人のことや
はじめて空を青く塗った人のこ
となど
ふっと　なんども　涙ぐんでは

かるがると
考えている
草原に消えてゆくつかのまの露《あめ》
人の柱の向こう
やくそくの時間だからと
そそくさと
この世を摘んでは
もう　立ちあがっていったもの
がいる
灰はいらんかね
　灰は
お彼岸だから
まだまだ　逢う人がいるらしい
見知らぬ　おかたが

たまに
お灯明を　たしに　やってくる
死んだ後さ
　　　　　生きてる前だったな

むかしの家

家があったよ
となりに
小屋があった
ならんで
立っていると
おやこのよう
おちついて
となり　の
花だとおもった
そんなものだと
摘んでおもった
とおめ
ちかめ
翳はほそかった

おもうところに
あんしんが
ふあんが
そのまま
なんでもないと
となりにあった
あったものがさ
春の
知らぬかおでね
とほうにくれて
咲いていたのさ
家と小屋　を
花だとおもって
住んでいたころ

とおめ
ちかめのそんな
ひざしの
夕日にまぎれて
おとなりさんが
そっと
ささやいたのさ
みるとは
消えてゆく鬼ごっこ
そんな
人生の翳ふみあそび
花といっしょのころ
となりの空の
暮れてゆくはなしさ

家があって
小屋があったころの
はじめて
にんげんのとなりに
なるとき
そうおもったものさ

帰りたいと

灰の芽

身を粉にして　魂になった
骨身をけずって灰になった
生と死のはざまに
かるがると
虹もかかっていた
地上では
生の芽がさくころだったな
死の芽がさくころだったな
ぽっと　空の芽の
ふくらんでいるあのほとり
この世の坂がみえて
あの世の坂がみえて
みえない　風の梢にたって
いまも　せっせと

さきの世の春を耕している
お人が　いる
灰はいらんかね
灰
灰売りの声が　きょうは
あげ雲雀のよう空に高い
さっき
人のいい　不機嫌をつれ
垣根のむこうをひっそり
超えていったものがいる
その辺が　境　さかい目
渡るのか　渡らないのか
岸辺の翳ばかり
いくえにも濃い

花をひそめ　水をとまどい
彼岸では　もう
神様がそっと　さきの世の
ページを　開いておられた
ああ　押し花の女よ
風はこの世の栞です
ひらひら　ひらひら
みんな花の姿勢《かたち》でかなしい
灰はいらんかね
灰
書きものという淋しい場所
黄泉平坂にも降っている雨
濡れていると
そこにいない　ひとの影も

そっと　傘をさしてくれた
白骨草が咲きましたよ

灰の屋

灰なんだ　よくふらしたものさ
あたりいちめん
この世は野原　みえないからね
とおりすぎていったのさ
たしかにあとできがつくことさ
魂だって
たくさんふらしていったんだよ
芽がほしいって
もろともに
あわれとぞおもえやまざくらか
よろこびやかなしみや
いきどおりやあきらめ
灰さ
のぞみなどもろもろの灰の芽

花にならない目
花になれない芽
そらの芽
灰のそら
みえないものがこわいのさ
みえることはやさしいのさ
死んでる灰
生きてる灰
さびしいおもいに根をおろして
生きてても死者に気をつかって
とおりすぎていったな
帰り花がさいた
迎え花がさいた
彼岸花がさいた

座禅草もさいた
で　そんなふうに魂も往還して
空の枝から
たくさんふらしていったんだよ
灰さ
いちめん　灰の河原さ
花よりほかにしるひともなし
しみじみ　岩根し枕ける　か
あたりいちめん
灰なんだ
　　よくふらしたものさ
どくろの眼に　なみだがたまる
ふりゆくものは我が身なりけり

灰雨

身を粉にして　魂になった
骨身をけずって灰になった
生と死のはざまに
かるがると
虹もかかっていた
地上では
生の芽のさくころだったな
死の目がさくころだったな
ぽっと
空の芽の
ふくらんでいるあのほとり
この世の坂がみえて
あの世の坂がみえて
みえない　風の梢にたって

いまも
花色の人が
せっせと
さきの世の春を耕している
灰はいらんかね
灰
灰売りの声が　きょうは
空にあかるい
人のいい不機嫌をつれて
さっき
垣根のむこうを
超えていったものがいる
その辺り　が
境　さかい目

渡るのか　渡らないのか
岸辺の翳ばかりが
有無をつれて　濃い
水は　息をひそめて
花をとまどい
きょうの記憶をかるがると
あげ雲雀のように
ページの　空にたかい
ああ　押し花の人
みんな花の姿勢でかなしい
ひらひら　ひらひら
書き物という淋しい場所に
　も　いつしかふっている
階《きざはし》

雨を　栞に
身を傘のようにふるまって
けさ
　白骨草が咲きましたよ

川上明日夫（かわかみ・あすお）一九四〇年　中国（旧満州）延吉市生まれ

詩集

『哀が鮫のように』　一九六八年
『彼我考』　一九七八年
『月見草を染めて』　一九八五年
『駟』（共著）　一九九〇年
『白くさみしい一編の洋館』　一九九二年
『白い月のえまい淋しく』　一九九五年
『蜻蛉座』　一九九八年
『アンソロジー川上明日夫』　二〇〇一年
『夕陽魂』　二〇〇四年
『雨師』　二〇〇七年
現代詩文庫192『川上明日夫詩集』　二〇一一年
『往還草』　二〇一二年
『草霊譚』　二〇一四年

詩誌「木立ち」「歴程」同人
日本文藝家協会・日本現代詩人会・日本詩人クラブ会員

現住所　〒九一八―八〇五五　福井県福井市若杉町二八号二八番地の五

灰家《はいや》

著　者　川上《かわかみ》明日夫《あすお》
発行者　小田久郎
発行所　株式会社思潮社
〒一六二―〇八四二
東京都新宿区市谷砂土原町三―十五
電　話〇三（三二六七）八一五三（営業）八一四一（編集）
FAX〇三（三二六七）八一四二
印刷所　三報社印刷株式会社
製本所　小高製本工業株式会社
発行日　二〇一六年五月三十一日